五行歌集

風　滴

唯沢 遥
Izawa Haruka

そらまめ文庫

目次

1　四季を追いかけて

地平線のような
藤棚
紫の房は
夕闇の
雨垂れのよう

春の陽気に目覚めた
青い
芝桜
大地を空にして
揺れている

風にさらわれて
花吹雪
花筏
散り際の潔さに
白が深い

満開の
桜花に
季節忘れの
雪
花冷えも過ぎように

春に頬染めた
桜が
季節を
譲り渡して
川面を流れていく

顔ほどもある
手毬紫陽花
きらめく青に並んで
母の笑顔が
はじらいを見せる

梅雨の晴れ間
洗われた空は
青が濃い
すくって食べたら
どんな味だろう

根は生きていた
掘り返された
空き地に
カンナの葉が
たくましく伸びる

白い日差しに
子どもの姿なく
「あっ、夏休みか」
少し寂しい
サラリーマンの朝

梅雨の七夕
雨雲の上は
必ず晴れ
織姫と彦星が
ゆるりと愛を語らう

精一杯生きたか
せみの夫婦
地上に転がる
死骸に
ありが群がる

畑は海
黄金原は平地
強風が雲を追い払い
空は青
台風一過の街並

猛暑の夕方
寝不足残業あけ
もつ煮込みつまみに
ぐいっとビールをあおる
旨い！

炎暑に焼かれた
街路樹の
朽ちた黄葉が
残酷に
綺麗

空色紫陽花
薄闇に
解けるように
天を見上げ
どこかものうげ

かさこそと
枯れ葉が鳴く街
忙しなく行き交う
人の上に
黄昏は落ちる

夕陽を透かす
紅葉は
赤がにじんで
大気にとけだして
いる

釣瓶落としの
秋の夕暮れ
にじんだ灯りに
陽を思う
街路樹

空気が金色
風が金色
黄金の夕陽に
金木犀が
金の香りをちりばめる

降る香りに
秋を感じる
金木犀
風に乗って
季節を運べ

青空を
抜ける朝陽が
すすきの穂を
銀に輝かす
晩秋の彩

木の枝に
ささえられて
輝く
冬の太陽は
真っ白な命だ

さらっぴんの
お湯に
どぼりどぼりと
柚子を沈め
香りにひたる冬本番

どんなに寒くても
生姜エキスが
ぎゅっと詰まった
ジンジャーエールを飲めば
体はシャキン

真冬の朝
吐く息は白いけど
見てご覧
空を黄金に輝かせ
今日も命が昇ってくる

ここらでは珍しい
大雪の日
童心に返った母が
夜道をぱちり
白が光っていた

ゆく年と
くる年
狭間で響く
除夜の鐘
心をリセットしよう

エレキフォーンの
荒城の月
高く低く響く音色が
春の夕陽とともに
胸に沈んでゆく

寒風で澄んだ青と
陽光に透ける黄色
ファインダーにおさまった
蝋梅園は
春を詠う

よそさまの
土地だけど
無防備な茶色に
緑のふきのとう
こっそり春をいただく

新しい花のために
伐った
終わりかけの花
捨てるのは忍びなく
部屋に飾る

伐りそこねた
樹の枝
皮一枚で
命つなぎ
若葉が生えそろう

2　それでも生きていく

誰かのためじゃなく
自分が
自分らしくあるために
ただ愚直に
歌を詠もう

弱いことが
悪いことじゃないんだよ
自分に
負けてしまうことが
悪いことなんだ

立っていようと
必死に踏ん張る
子供
そんな風に
私も頑張ろう

死ぬまで生きるんだ
生きていれば
必ず死ぬ
だからそれまで
自分を生きるんだ

亀の歩みだって
いいじゃない
大切なのは
きっと
あきらめないこと

自己主義でなく
利己主義でなく
世界の中
存在する自分を
ただ見つめていたい

たとえ心が
曇ってしまっても
太陽は
また必ず照らしてくれる
負けるな

生かすために
生まれた命
その魂の灯火は
雪よりも星よりも
美しい

悲しくて仕方ないのに
涙が
出ない
空よありがとう
今日は雨降り

うつむいたら
涙がこぼれそうだったから
前を
しっかり見た
歩いて行けるように

迷いも
苦しみも
あるがままに
それは自分を
磨いてくれるものだから

見える景色だけが
世界の
すべてじゃない
全身つかって
世界を感じよう

夢は
したたかに強く
見続けよう
思いの底に
リアルがある

心に
闇
受け入れて生きていく
だってそれこそが
人間のあかし

そうだね
生きる意味は
自分で見つけよう
納得
いくまで

きりきり張りつめて
生きる日々
そんな悲しみは
いつまでも続かないから
暁を胸に抱こう

上手な嘘のつき方はねえ
本当を
織り込むこと
たまにはね
自分もだましてあげよう

これまでか
ではなく
これからだ、が
素敵
と思おう

花散らしの
雨ではなく
慈雨となろう
慈しみ
悦びとなる

望む心が
力
深呼吸して
胸にも腹にも全てに
気を溜め込むんだ

すがることを
良しとできない自分
それでも救われたい
自分
光はどこだ

過大評価も
過小評価も
なく
等身大で笑える
世界の素敵

素直な言葉が
優しすぎる
心と言われた
褒め言葉と思って
今日も紡ごう

通学路の小学生を
見守る大人
口々に交わされる挨拶
私にも一言
少しくすぐったい

「健康食品です！
いつまでもお元気で」
ドライバーの心遣い
中身は
白髪染めシャンプーです

チョコがいいの！
駄々をこねても
思い出はいつも
バターケーキ
それも今は懐かしい

額の傷から
血がぶわぁと
知識はあっても
実体験の凄さに
いっそ感心する

柳のように
生きたいと
願うけれど
カチコチの
心が悲しい

障害者であることに
引け目を感じるな
すべてを含めて
自分は
在る

障害と障がい
意味も音も同じ
なのに
受け取り方の
隔たりは大きい

言い訳に
したくなかったから
告げられなかった現実が
批判となって返る
世間

他人の気持ちに
共感する
簡単そうで
実に難しい
私には難しい

逃げてもいいじゃないか
自分を許してあげよう
生まれ持った資質
変えようのない個性
活かしたいんだ

忘れない
生きようと
決意した日の
朝陽の
輝き

今はただ
歩く道を
探してみよう
大丈夫を
合い言葉に

打ち壊すこともあるだろう
思いが
この心を
けれど知ってもいるのだ
支えになることも

カチコチと
正確な時計の音
焦らず
正しく生きろと
教えてくれるよう

涙あふれるときでも
心は毅然と
真摯でいよう
朝は
必ず来るのだから

願いはなぁに
私の願いは……
目一杯の
自分で
いること

感性が
研ぎ澄まされる
心の病
名作はできるだろう
それでも歓迎はできない

一つ一つ
淡々とこなしていく
それだけじゃ
だめなのか
前向きは難しい

一番欲しくないもの
愛をはかる機械
知りたくない
知られたくない
思いの深さなど

痛む悲しみを
風にさらす
丸くなれ
水底の石のように
なめらかになれ

痛みを消せなくてもいい
桜色の幸せの記憶は
無くさないでいよう
それだけで
人生の勝者だ

豪雨の中
ずぶぬれで
立ち尽くす
心の中の暗いもの
消えてなくなるまで

透けるほどに
心を削ったら
何色の
本音が見えるか
確かめてみたい

どんなに苦しくても
やっぱり
ハッピーエンドなら
苦労は報われる
そんな人生を歩みたい

始めるのは
いつでも遅くはない
思い立ったが吉日
大切なのは
最初の一歩

3　さよならを辿って

引っ越しで片づいた部屋
片隅に転がっていた
思い出の人形
忘れていてごめんね
新天地へ一緒に行こう

「連れて逝くから」
老いらくの恋の殺し文句
伯母さん
あの世まで追いかけていって
今、幸せでいますか

不幸自慢は止めて
すべて忘れます
あなたが親友であったことも
投げつけられた言葉は
針の刺

約束しよう
もうこれ以上
傷つけてしまわぬように
さよならさえも受け入れる
それも愛の形

届かない年賀状に
離れてしまった
心の距離を知る
今日は君の誕生日
無言で祝おう

さようならの重みが
胸にのしかかる夜
お気に入りの音楽が終わっても
まだ眠れない
切なさが溢れてきて

パワフルで
温かくて
理想の父と思っていた
消えた笑顔を
泣きながら悼もう

やるべきことをやりなさい
声が聞こえた気がして
頑張ることができました
ありがとう
笑顔はそばにありますね

死者を悼むのは
生者の権利
逝った人は
何もできない
嘆くことすら

「五年間はやろう」
会社がつぶれた年
幹事が宣言した期間
ささやかな同窓会の幕が
今年おりた

位牌を持って
通る桜並木
「ほら、花見だよ」
心で父に語りかける
快晴が機嫌のようだ

晴れ男の
父が逝った
その日から
ずっと晴天
旅路を見守っているのか

自ら生を終わらせた父
認知症を宣告され
自分がわかるうちに
逝きたかったのだろう
迷わないようお祓いをする

母を自由にしたいと
父の口癖
本当に自由になりたかったのは
悩みに固執してしまう
父ではなかったのか

小学校時代の表彰状
父が大切に
しまっていた
思い出の温かさが
黄ばんだ紙ににじんでいる

話題はあるのに
話したい相手は
もう空の上
不在に気づいたときの
寂しさの深さ

新盆のお迎えは
早くていいんですよ
と住職の言
家が好きだった父
そわそわしていそうだ

お母さん
旅に行こう
暗い思い出は
家に
置き去りにして

紅葉と滝見たさに
両親と歩いた山道
歩き疲れの
父の愚痴すら
今は懐かしい

夕暮れ時
読書にいそしむ
父の肩は
まあるく
寂しかった

こっちも親子あっちも親子
空襲で逝った祖父母と
病気で逝った兄に
父が並ぶ
寂しくなかろ？

バラの棘は
ほとけ様も刺すのか
仏壇には供えないと
教えられ
無知を恥じる

正月飾りのない
床の間
金箔入りの酒もない
大黒柱を失った家には
隙間風が吹いている

三十本の
秋バラの花束を
父に捧ぐ
鮮やかな色は
天からも良く見えるだろう

「シ」にこだわっていた父
四月四日
自ら旅立っていった
本懐を果たして
満足だったか

お盆に届いた荷物は
懐かしく愛しい
亡き人のイラスト
「お帰りなさい」
視界がにじんだ

門前の
枝垂桜は
盛りを過ぎたけれど
花冷えに凍える
命日

頑張って頑張って
医者に全部ぶちまけた
自分を守るために
それでも
母の涙は重い

4 風滴

情報化社会
良くも悪くも
噂が走る
なにを信じればいいのか
真実を見抜け

胎動の知らせに
思わず
私もどきどき
元気に育て
すくすく育て

庭先に
飛んできた
白い紙飛行機
「未来の彼へ」
一言を乗せて

頼まれた
カラオケ入りカセットテープを
さっとゲット
半日探した
家族が驚く

威厳のある建物だった
たくさんの思いを
行き交わせていたのだろう
針のなくなった時計が
廃墟の時間をとどめている

チャンスの神様には
前髪しか無いそうだ
ためらったら
のがしてしまう
迷わず掴もう

想いから
清水のように
湧き出る言葉は
虚構の中にも
真実

髪型よーし！
ピアスよーし！
笑顔もＯＫ！
さあ
今日を始めよう

訂正の言葉
口調ににじんでいるよ
「あなたなんか嫌い」
だからどうした気にしない
卑屈になるのはお断り

喜び
悲しみ
思い溢れるとき
心はいつでも
きらきら輝く

苦楽を
分かち合える
友がいる幸せ
かみしめて
今日を生きる

「今日も
楽しい学校だよ
頑張れ！」
先生の掛け声に
私も元気をもらう

田舎から上京の
叔母と
母の会話
秋田弁での弾丸トークは
さながら外国語

わからないのは
あとで愚痴になると
わかっていながら
これが付き合いなんだと
「嫌」なのにする姿勢

車の灯りの
軌跡をたどれば
道の
来し方行き方
果ては見えない

模擬試験の
一点に
悲喜こもごも
ラストスパートで
喜だけになれ

白黒の炎に
浮かぶ影
六十年後を鷲掴む
時代の申し子
ゴジラよ

霧雨の参道
湿った岩肌と
せせらぎの狭間
無心に歩いて
神のもとに行く

会社で
Sさんと Yさんが
喧嘩していたって
「ハブとマングース?」
言葉を飲み込んだ

白が使えば白
黒が使えば黒
なんだよ
原子力も
太陽熱も

網戸越しの
子猫の真ん丸お目め
にらめっこしていたら
猫パーンチ
なつこいぞ、こら

コイバナは
女子会の花
きゃーきゃーわーわー
うふふ
笑みがはじける

ギプスが要らない
三角巾が要らない
腕も首も軽い
この自由はなんだ
健康ってすばらしいぞ

すっぴん自慢でも
お手入れはしてますよ
ゆずの香りの化粧品
もちもちの感触が嬉しい
不惑後、半熟女

「あ、いいな」と
心の琴線に
触れた瞬間に
恋に
落ちているんだね

振り向いた先の
笑顔がにじんだ
どうして
気付かなかったんだろう
この心の花に

ゑという字が読めない
と聞かれ
反射的に「え!」と答える
怪訝そうな顔に
驚いた「え!」じゃないよ、と

風に力をもらう
心の元気をもらう
風は私の勇気
その滴が
歌になる

5　自然の息吹に

宵の明星の
光の雫を
真下の三日月が
受け止めた
金色は星のおかげかな

春の空は霞のお化粧
夏の空は水色が日焼け
秋の空は色が薄れ
冬の空は硬く透き通る
空はいつも季節をまとっている

見上げた先の
真白の月
静かな色合い
溜息ひとつ
白い息が重なった

海色の光に
絡み取られた
空色の真珠
月が西に
溶けていく

義理チョコ禁止
でも
愛ある本命はＯＫ
あげる？　もらえる？
バレンタインの奇跡

「ホワイトデー、何がいい？」
一日早く父の言葉
欲しいものより
その気持ちが
なにより嬉しい

焦らないで、と
自分に
言い聞かせる
巡る季節を
楽しもうじゃないか

温泉に浸れば
ぬくぬく
ぽかぽか
ツルッツル
はぁあ、あ

どんどろがしょーん
って言うんだよ
友達に教えてもらった
広島弁
雷がどこか愛らしい

空は世界を
つないでいるが
見せる姿は
人の心以上に
存在する

鈍色の空から
感じる
冷たい水の匂い
悲しんでいるのは
誰なのだろう

高層ビルの上に
切り取られた空と
叫ぶような風
怖がらないで
世界はまだ生きている

「××解禁だから
忘れず買ってきてね」
留守電に残っていた母のメッセージ
発音不明瞭の単語を
語感と解禁で悟る呑兵衛の娘

荷物は詰めた
気持ちも詰めて
初夏の青空の下
楽天地に
元気をもらいに出かけよう

空はどんよりしとしと
道路もどんよりしっとり
だからこそ
おニューのレインシューズで
街を闊歩する

「暖かい日に黒はねえ」と
母がつぶやいた
寒暖の差が激しい
今年の春
雨の日はまだ黒

納涼船で
東京湾クルーズが
母の夢
ご満悦の船上で
つばめをはべらす

淡雪のように
柔らかな湯の花
すくいあげ
肌をこすれば
きめ細やかさが移ったよう

江の島の地域猫と
まったり撮影会
が
子供の猫だましに
すったか退散

雨に煙る
紫陽花の青
しとしとしと
静寂な音
世界を作る

ミーンミンから
ジージーへ
そしてカナカナカナ
セミの音が
季節を運ぶ

雨台風が
花を打つ
コスモス
うなだれ
涙を流す

真っ赤なつつじが
真っ赤なつつじに重なって咲く
こんもり
ド派手な
春の趣

地球を切り取った
薄緑の石を繋いで
優しい腕輪を作る
地球の力の波動が
私を揺らす

跋

草壁焰太

唯沢さんは、二〇〇三年に五行歌運動に加わったから、もう二十年近く、五行歌を書き続けたことになる。私から見ると、まだお若いから、人生のピークにあたる二十年間をともにして頂いたことになる。

彼女は、私から見ると、よく頑張る人だった。

歌集を読むと、障がいもあって、いろいろ苦しまれることも多かったようである。一番好きな人で彼女にとって、光のような存在だったお父さんも、自死されて、その衝撃は大きかったろう。それでも、屈しないのが彼女の歌であった。

彼女は、多くの五行歌人もそうだが、五行歌を書くことによって生きる力としてきた人なのであろう。

迷いも
苦しみも
あるがままに
それは自分を
磨いてくれるものだから

望む心が
力
深呼吸して
胸にも腹にも全てに
気を溜め込んだ

彼女の強さ、潔さは、たんなる自然詠と思える歌にかえって、鋭く現れているようにも思う。私はこの歌集の冒頭と末尾の自然詠が好きである。

風にさらわれて
花吹雪
花筏
散り際の潔さに
白が深い

空気が金色
風が金色
黄金の夕陽に
金木犀が
金の香りをちりばめる

これからも、もう何十年も、この道をいっしょに歩いて行ければうれしい。もっとどんどんこれからもいい歌を見せてもらいたい。

あとがき

頭の中が多動な子供でした。そのくせしゃべることは不得意で、いつも思いをきちんと話せないことに不満を抱いておりました。それゆえ自然と、しゃべることよりも文章に残す方法になじんでいきました。

最初は日記だか詩だかわからないような雑文をノートに書きなぐって。中学に上った頃に詩のサークルに入って、少しはらしく、というよりはもどきな詩を書くようになりました。

五行歌との出会いはとあるインターネット掲示板でした。当時はネットが爆発的に普及して、個人のホームページや掲示板などが華やかな時代でした。私は自分の詩のサイトも持っていましたが、ネットサーフィンをしては色々なところに投稿をしていました。その過程で五行歌の投稿掲示板にたどり着いたのです。すでにその掲示板は無くなってしまったので正確なところはわからないのですが、二〇〇三年頃のことです。初めて触れたとき、これだ！　と感銘を受けたものです。

この本には二〇〇四年から二〇一四年までの作品を主におさめています。がつがつと書く癖は子供の頃と変わらず、かなり削ったのですがそれでもぎゅうぎゅうづめの本になってしまいました。そらまめ文庫なのにこんなに入れていいのかしらと思いつつ。（笑）

それでも自分の軌跡を本という形にできるのは喜ばしいことです。この先も第二、第三の軌跡を形にできるよう、思いを歌にしていきたいと願っております。

二〇二一年四月吉日

唯沢　遥

五行歌五則 ［平成二十年九月改定］

一、五行歌は、和歌と古代歌謡に基いて新たに創られた新形式の短詩である。

一、作品は五行からなる。例外として、四行、六行のものも稀に認める。

一、一行は一句を意味する。改行は言葉の区切り、または息の区切りで行う。

一、字数に制約は設けないが、作品に詩歌らしい感じをもたせること。

一、内容などには制約をもうけない。

五行歌とは

五行歌とは、五行で書く歌のことです。万葉集以前の日本人は、自由に歌を書いていました。その古代歌謡にならって、現代の言葉で同じように自由に書いたのが、五行歌です。五行にする理由は、古代でも約半数が五句構成だったためです。

この新形式は、約六十年前に、五行歌の会の主宰、草壁焔太が発想したもので、一九九四年に約三十人で会はスタートしました。五行歌は現代人の各個人の独立した感性、思いを表すのにぴったりの形式であり、誰にも書け、誰にも独自の表現を完成できるものです。

このため、年々会員数は増え、全国に百数十の支部があり、愛好者は五十万人にのぼります。

五行歌の会 https://5gyohka.com/
〒162-0843 東京都新宿区市谷田町三―一九
川辺ビル一階
電話 〇三（三二六七）七六〇七
ファクス 〇三（三二六七）七六九七

唯沢　遥（いざわ はるか）
埼玉県在住。1966 年 1 月生まれ。
日本児童教育専門学校児童文学専攻科卒。
現五行歌の会同人。
2013 年に詩歌集『心の宝石』を自費出版し、
本書が 2 冊目の本となる。

yuineko30@yahoo.co.jp

そらまめ文庫 い 2-1

五行歌集　風滴《ふうてき》

2021 年 5 月 25 日　初版第 1 刷発行

著　者　　唯沢　遥
発行人　　三好清明
発行所　　株式会社 市井社
〒 162-0843
東京都新宿区市谷田町 3-19 川辺ビル 1F
電話　03-3267-7601
https://5gyohka.com/shiseisha/

印刷所　　創栄図書印刷 株式会社
装　丁　　しづく
写　真　　著　者

ISBN978-4-88208-186-9　C0292

そらまめ文庫

- い1-1　白つめ草　石村比抄子五行歌集
- お1-1　だいすき　鬼ゆり五行歌集
- お2-1　だらしのないぬくもり　大島健志五行歌集
- お3-1　リプルの歌　太田陽太郎五行歌集
- か1-1　おりおり草　河田日出子五行歌集
- く1-1　恋の五行歌　キュキュン200　草壁焰太 編
- こ1-1　雅 —Miyabi—　高《こう》原《げん》郁子《かぐわし》五行歌集
- こ1-2　紬 —Tsumugi—　高《こう》原《げん》郁子《かぐわし》五行歌集
- こ1-3　奏 —Kanade—　高《こう》原《げん》郁子《かぐわし》五行歌集

- こ2-1　幼き君へ〜お母さんより　小原さなえ五行歌集
- さ1-1　五行歌って面白い　五行歌入門書　鮫島龍三郎 著
- さ1-2　五行歌って面白いII　五行歌の歌人たち　鮫島龍三郎 著
- さ1-3　喜劇の誕生　鮫島龍三郎五行歌集
- み1-1　一ヶ月反抗期　14歳の五行歌集　水源《みなもと》カエデ五行歌集
- や1-1　宇宙人観察日記　山崎　光五行歌集
- ゆ1-1　きっと　ここ —私の置き場—　ゆうゆう五行歌集

※定価はすべて880円（10%税込）です